公主出任務4

THE Princess IN BLACK 度假好忙

文／珊寧‧海爾 & 迪恩‧海爾
Shannon Hale & Dean Hale

圖／范雷韻 LeUyen Pham

譯／黃筱茵

獻給葛斯、布朗森、萊諾斯、喬治，
還有法蘭基──
你們全是超級英雄
珊寧・海爾 & 迪恩・海爾

獻給忍者公主伊絲拉和諾娃
范雷韻

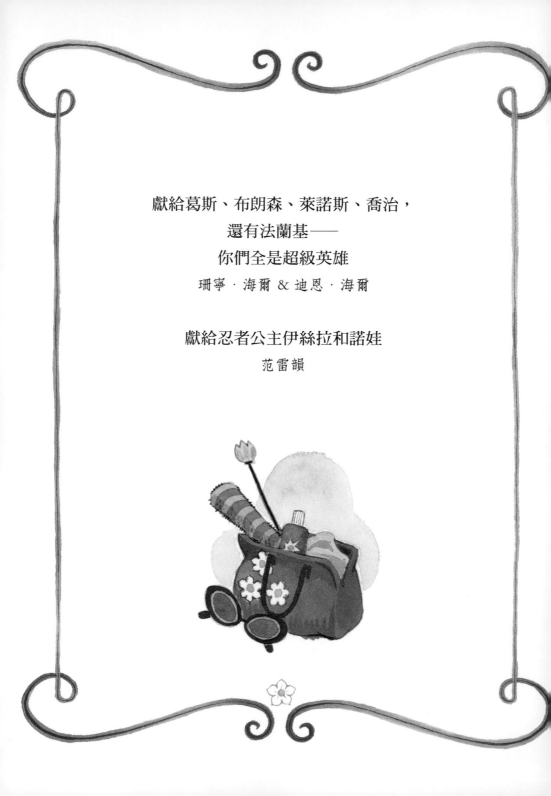

人物介紹

木蘭花公主

黑衣公主

牧童達夫

海怪

噴嚏草公主

山羊復仇者

黑旋風

酷麻花

第 一 章
超想睡的公主

天才剛剛亮。木蘭花公主昨天跟怪獸決鬥了一整個晚上，所以現在她真的很累、很想睡。

木蘭花公主閉著眼睛，躺在柔軟的粉紅色公主床上。就在她快要睡著的時候……

鈴ㄌㄧㄥ！ 鈴ㄌㄧㄥ！

「是ㄕ怪ㄍㄨㄞ獸ㄕㄡ警ㄐㄧㄥ報ㄅㄠ！」她ㄊㄚ自ㄗˋ言ㄧㄢˊ自ㄗˋ
語ㄩˇ的ㄉㄜ˙說ㄕㄨㄛ：「不ㄅㄨˊ會ㄏㄨㄟˋ又ㄧㄡˋ來ㄌㄞˊ了ㄌㄜ˙吧ㄅㄚ˙……」

她只好搖搖晃晃的走進工具間，脫掉有多層花邊的睡衣，套上出任務的黑色衣服。現在，她是黑衣公主了——超級愛睏的黑衣公主。

她ㄊㄚ溜ㄌㄧㄡ下ㄒㄧㄚ祕ㄇㄧ密ㄇㄧ通ㄊㄨㄥ道ㄉㄠ。

跳ㄊㄧㄠ到ㄉㄠ她ㄊㄚ的ㄉㄜ忠ㄓㄨㄥ心ㄒㄧㄣ小ㄒㄧㄠ馬ㄇㄚ——黑ㄏㄟ旋ㄒㄩㄢ風ㄈㄥ背ㄅㄟ上ㄕㄤ。

4

接著，他們飛奔抵達山羊草原。這次是這個星期以來，第十五次的怪獸警報。

「吼！」暴牙怪大叫。

「你ぅ剛ㄍㄤ才ㄘㄞˊ說ㄕㄨㄛ『呵ㄏㄜ欠ㄑㄧㄢ』嗎ㄇㄚ？」黑ㄏㄟ衣ㄧ公ㄍㄨㄥ主ㄓㄨ精ㄐㄧㄥ神ㄕㄣ不ㄅㄨ濟ㄐㄧ的ㄉㄜ問ㄨㄣˋ。

暴ㄅㄠˋ牙ㄧㄚˊ怪ㄍㄨㄞˋ搖ㄧㄠˊ搖ㄧㄠˊ頭ㄊㄡˊ。「不ㄅㄨ是ㄕˋ，是ㄕˋ『吼ㄏㄡˇ～』。」

黑ㄏㄟ衣ㄧ公ㄍㄨㄥ主ㄓㄨ希ㄒㄧ望ㄨㄤˋ怪ㄍㄨㄞˋ獸ㄕㄡˋ說ㄕㄨㄛ的ㄉㄜ是ㄕˋ「呵ㄏㄜ欠ㄑㄧㄢ」。因ㄧㄣ為ㄨㄟˋ她ㄊㄚ非ㄈㄟ常ㄔㄤˊ希ㄒㄧ望ㄨㄤˋ打ㄉㄚˇ完ㄨㄢˊ呵ㄏㄜ欠ㄑㄧㄢ，就ㄐㄧㄡˋ能ㄋㄥˊ立ㄌㄧ刻ㄎㄜˋ呼ㄏㄨ呼ㄏㄨ大ㄉㄚˋ睡ㄕㄨㄟˋ。

「吃ㄔ山ㄕㄢ羊ㄧㄤ！」暴ㄅㄠ牙ㄧㄚ怪ㄍㄨㄞ說ㄕㄨㄛ。

「牠ㄊㄚ們ㄇㄣ不ㄅㄨ是ㄕ你ㄋㄧ的ㄉㄜ山ㄕㄢ羊ㄧㄤ。」黑ㄏㄟ衣ㄧ公ㄍㄨㄥ主ㄓㄨ含ㄏㄢ糊ㄏㄨ不ㄅㄨ清ㄑㄧㄥ的ㄉㄜ說ㄕㄨㄛ著ㄓㄜ：「牠ㄊㄚ們ㄇㄣ是ㄕ達ㄉㄚ夫ㄈㄨ的ㄉㄜ山ㄕㄢ羊ㄧㄤ。快ㄎㄨㄞ回ㄏㄨㄟ怪ㄍㄨㄞ獸ㄕㄡ國ㄍㄨㄛ去ㄑㄩ。」

暴ㄅㄠ牙ㄧㄚ怪ㄍㄨㄞ不ㄅㄨ想ㄒㄧㄤ回ㄏㄨㄟ怪ㄍㄨㄞ獸ㄕㄡ國ㄍㄨㄛ，牠ㄊㄚ等ㄉㄥ不ㄅㄨ及ㄐㄧ要ㄧㄠ享ㄒㄧㄤ用ㄩㄥ山ㄕㄢ羊ㄧㄤ大ㄉㄚ餐ㄘㄢ了ㄌㄜ。

於ㄩˊ是ㄕˋ，暴ㄅㄠˋ牙ㄧㄚˊ怪ㄍㄨㄞˋ和ㄏㄜˊ公ㄍㄨㄥ主ㄓㄨˇ展ㄓㄢˇ開ㄎㄞ大ㄉㄚˋ戰ㄓㄢˋ。

睡ㄕㄨㄟˋ睡ㄕㄨㄟˋ敲ㄑㄧㄠ！

懶ㄌㄢˇ洋ㄧㄤˊ洋ㄧㄤˊ甩ㄕㄨㄞˇ！

超_{ㄔㄠ}想_{ㄒㄧㄤ}睡_{ㄕㄨㄟ}

拉_{ㄌㄚ}扯_{ㄔㄜ}

夢_{ㄇㄥ}遊_{ㄧㄡ}

無_ㄨ力_{ㄌㄧ}拳_{ㄑㄩㄢ}！❀

暴牙怪輕輕鬆鬆把黑衣公主抓在手裡。牠張開滿口暴牙的大嘴，大聲吼叫。

黑ㄏㄟ衣一公ㄍㄨㄥ主ㄓㄨ張ㄓㄤ開ㄎㄞ嘴ㄗㄨㄟ巴ㄅㄚ。她ㄊㄚ沒ㄇㄟ有ㄧㄡ對ㄉㄨㄟ著ㄓ怪ㄍㄨㄞ獸ㄕㄡ大ㄉㄚ吼ㄏㄡ，而ㄦ是ㄕ打ㄉㄚ了ㄌㄜ一ㄧ個ㄍㄜ大ㄉㄚ大ㄉㄚ的ㄉㄜ呵ㄏㄜ欠ㄑㄧㄢ。

就ㄐㄧㄡ在ㄗㄞ這ㄓㄜ個ㄍㄜ時ㄕ候ㄏㄡ，有ㄧㄡ人ㄖㄣ拉ㄌㄚ住ㄓㄨ了ㄌㄜ怪ㄍㄨㄞ獸ㄕㄡ的ㄉㄜ尾ㄨㄟ巴ㄅㄚ。

第 二 章
山羊復仇者現身

　　一個戴著面罩、穿著披風的男孩拉住怪獸的尾巴。黑衣公主從來沒見過這個人。

　　「你是誰？」黑衣公主問：「牧童達夫呢？」

「我是山羊復仇者！」他回答了公主的問題。「牧童達夫有事要忙，到別的地方去了。他不在。」

相似度
95%

相似度
100%

山ㄕ羊ㄧ復ㄈㄨˋ仇ㄔㄡˊ者ㄓㄜˇ跟ㄍㄣ她ㄊㄚ的ㄉㄜ˙朋ㄆㄥˊ友ㄧㄡˇ達ㄉㄚˊ夫ㄈㄨ一ㄧ樣ㄧㄤˋ高ㄍㄠ，就ㄐㄧㄡˋ連ㄌㄧㄢˊ笑ㄒㄧㄠˋ容ㄖㄨㄥˊ都ㄉㄡ一ㄧ模ㄇㄛˊ一ㄧ樣ㄧㄤˋ。可ㄎㄜˇ是ㄕˋ，他ㄊㄚ不ㄅㄨˊ是ㄕˋ達ㄉㄚˊ夫ㄈㄨ，因ㄧㄣ為ㄨㄟˋ達ㄉㄚˊ夫ㄈㄨ沒ㄇㄟˊ有ㄧㄡˇ戴ㄉㄞˋ面ㄇㄧㄢˋ具ㄐㄩˋ。

相ㄒㄧㄤ似ㄙˋ度ㄉㄨˋ
95%

相ㄒㄧㄤ似ㄙˋ度ㄉㄨˋ
100%

「真奇怪。」黑衣公主說：「牧童達夫一向都會在啊。這是他的山羊草原。這些是他的山羊。」

「吃山羊！」暴牙怪還是沒放棄，不停吼叫著。

滿嘴暴牙的怪獸還緊緊抓著黑衣公主。

「不准你吃山羊！」黑衣公主和山羊復仇者同時對著怪獸說。

暴牙怪疑惑的眨了眨眼睛。那麼多人戴面罩，到底是怎麼了？

暴牙怪獸默默的將黑衣公主鬆開，放到地上。接著，牠自己乖乖擠進回怪獸國的洞。這些戴面罩的人真是太奇怪了。在怪獸國，沒有人戴面罩。

第三章
度假？

「那是這星期第十五隻怪獸了。」黑衣公主說。

才剛說完，她又打了一個呵欠，縮著身體躺在草地上。黑旋風緊緊靠在她身旁。

「你看起來很累。」山羊復仇者說。

黑衣公主閉上眼睛休息。一隻山羊舔了舔她的耳朵，讓她覺得很癢。所以，她翻過身去。結果，另一隻山羊跑來輕輕咬了一下她的頭髮。

「你需要度假。」山羊復仇者說。

黑衣公主努力睜開一隻眼睛，看著山羊復仇者。

「你說『度假』是什麼意思？」她問。

「就是暫時放下你的工作。」他說，「然後，去一個很棒的地方。在那裡，你可以好好休息。」

「聽起來不錯！可是，我沒辦法去度假。如果我去度假，誰來保護山羊？」

山羊復仇者立刻手插著腰，
挺起胸膛說：「不用擔心，有
我山羊復仇者在！」

第四章
我要去度假！

「度ㄉㄨˋ……假ㄐㄧㄚˇ……」黑ㄏㄟ衣ㄧ公ㄍㄨㄥ主ㄓㄨˇ牽ㄑㄧㄢ著ㄓㄜ黑ㄏㄟ旋ㄒㄩㄢˊ風ㄈㄥ走ㄗㄡˇ回ㄏㄨㄟˊ城ㄔㄥˊ堡ㄅㄠˇ時ㄕˊ，喃喃ㄋㄢˊ自ㄗˋ語ㄩˇ說ㄕㄨㄛ著ㄓㄜ

「度ㄉㄨˋ假ㄐㄧㄚˋ……」沿ㄧㄢˊ著ㄓㄜ˙祕ㄇㄧˋ密ㄇㄧˋ通ㄊㄨㄥ道ㄉㄠˋ往ㄨㄤˇ上ㄕㄤˋ爬ㄆㄚˊ時ㄕˊ，黑ㄏㄟ衣ㄧ公ㄍㄨㄥ主ㄓㄨˇ又ㄧㄡˋ念ㄋㄧㄢˋ了ㄌㄜ˙一ㄧ次ㄘˋ。

「度ㄉㄨˋ假ㄐㄧㄚˋ？」黑ㄏㄟ衣ㄧ公ㄍㄨㄥ主ㄓㄨˇ一ㄧ邊ㄅㄧㄢ穿ㄔㄨㄢ上ㄕㄤˋ粉ㄈㄣˇ紅ㄏㄨㄥˊ色ㄙㄜˋ蓬ㄆㄥˊ蓬ㄆㄥˊ洋ㄧㄤˊ裝ㄓㄨㄤ，一ㄧ邊ㄅㄧㄢ疑ㄧˊ慮ㄌㄩˋ的ㄉㄜ˙說ㄕㄨㄛ著ㄓㄜ˙。現ㄒㄧㄢˋ在ㄗㄞˋ，她ㄊㄚ不ㄅㄨˋ再ㄗㄞˋ是ㄕˋ黑ㄏㄟ衣ㄧ公ㄍㄨㄥ主ㄓㄨˇ，她ㄊㄚ回ㄏㄨㄟˊ到ㄉㄠˋ了ㄌㄜ˙木ㄇㄨˋ蘭ㄌㄢˊ花ㄏㄨㄚ公ㄍㄨㄥ主ㄓㄨˇ的ㄉㄜ˙身ㄕㄣ分ㄈㄣ。

最後，木蘭花公主開心的
宣布：「我要去度假！」。

山羊復仇者會留在山羊草原。他會負責防守怪獸，保護山羊。於是，木蘭花公主開始打包行李。因為現在是出發度假的好時機！

第 五 章
沙灘上的驚喜

　　木蘭花公主騎著腳踏車到海邊，而不是騎馬。因為，陪著她不停的出任務的小馬，也應該放個假。

　　空氣中有鹹鹹的海水味，陽光燦爛，大海的顏色就像大藍怪的毛那樣藍，真是完美的一天！

木蘭花公主閉著眼睛，躺在吊床上。就在她準備呼呼大睡時，突然有人打招呼說：「哈囉，木蘭花公主。」

木ㄇㄨˋ蘭ㄌㄢˊ花ㄏㄨㄚ公ㄍㄨㄥ主ㄓㄨˇ睜ㄓㄥ開ㄎㄞ眼ㄧㄢˇ睛ㄐㄧㄥ一ㄧ看ㄎㄢˋ，
在ㄗㄞˋ她ㄊㄚ的ㄉㄜ吊ㄉㄧㄠˋ床ㄔㄨㄤˊ旁ㄆㄤˊ邊ㄅㄧㄢ是ㄕˋ堆ㄉㄨㄟ成ㄔㄥˊ小ㄒㄧㄠˇ山ㄕㄢ的ㄉㄜ
點ㄉㄧㄢˇ心ㄒㄧㄣ，點ㄉㄧㄢˇ心ㄒㄧㄣ旁ㄆㄤˊ是ㄕˋ另ㄌㄧㄥˋ一ㄧ張ㄓㄤ吊ㄉㄧㄠˋ床ㄔㄨㄤˊ。
吊ㄉㄧㄠˋ床ㄔㄨㄤˊ上ㄕㄤˋ有ㄧㄡˇ人ㄖㄣˊ拿ㄋㄚˊ著ㄓㄜ一ㄧ本ㄅㄣˇ書ㄕㄨ，書ㄕㄨ後ㄏㄡˋ
面ㄇㄧㄢˋ居ㄐㄩ然ㄖㄢˊ是ㄕˋ——噴ㄆㄣˋ嚏ㄊㄧˋ草ㄘㄠˇ公ㄍㄨㄥ主ㄓㄨˇ。

「真是好……巧呀！」超級愛睏的木蘭花公主，努力用輕快的語氣說著。

「你聽起來很累。」噴嚏草公主說：「你應該睡個午覺。我不會讓任何人吵你。」

「謝謝你，噴嚏草公主。」木蘭花公主說。

「沒什麼。」噴嚏草公主回答說：「朋友本來就該這樣互相幫忙。」

於是，木蘭花公主再次閉上眼睛休息。

「晚一點等你睡醒。」噴嚏草公主小小聲的說：「我們可以一起玩跳棋。」

木蘭花公主正要再度呼呼大睡時，突然聽到一個聲音。

「吼！」

緊閉著眼睛的木蘭花公主心想，是怪獸嗎？在這麼完美的沙灘？應該不可能！

吼吼吼！

木蘭花公主更用力的閉緊眼睛。她心想，說不定她其實早就睡著了，她剛才只是在作夢。

「吼吼吼～～～！」

木蘭花公主忍不住睜開一隻眼睛偷看。

一顆巨大的頭接在長長的脖子上，長長的脖子接在龐大的身體上。

完美的沙灘旁，居然有一隻嚇死人的大海怪。

「真的很抱歉！」噴嚏草公主說：「我不知道怎麼阻止海怪吵醒你。」

木蘭花公主心裡想著：怎麼
阻止海怪傷害噴嚏草公主。

噴嚏草公主認識的木蘭花公主，是一位穿著玻璃鞋的端莊公主，對陽光過敏，站在二樓的窗戶前，就會因為懼高症而頭昏眼花。

　　沙灘上的這位木蘭花公主當然不可能跟海怪戰鬥，更別說能保護她的好朋友——噴嚏草公主。

第 六 章
期待怪獸出現

　　山羊復仇者精神抖擻的站在草原上。他手插著腰、揚起下巴，笑容燦爛，就等著怪獸自投羅網。

　　一旁的山羊默默嚼著草。

山ㄕㄢ羊ㄧㄤ復ㄈㄨ仇ㄔㄡ者ㄓㄜ以ㄧ手ㄕㄡ刀ㄉㄠ招ㄓㄠ式ㄕ在ㄗㄞ
空ㄎㄨㄥ中ㄓㄨㄥ揮ㄏㄨㄟ砍ㄎㄢ，在ㄗㄞ草ㄘㄠ地ㄉㄧ上ㄕㄤ翻ㄈㄢ滾ㄍㄨㄣ，搭ㄉㄚ
配ㄆㄟ「呼ㄏㄨ嚇ㄏㄜ！」的ㄉㄜ喊ㄏㄢ叫ㄐㄧㄠ聲ㄕㄥ。

呼ㄏㄨ嚇ㄏㄜ！

一ㄧ旁ㄆㄤ的ㄉㄜ山ㄕㄢ羊ㄧㄤ還ㄏㄞ是ㄕ默ㄇㄛ默ㄇㄛ嚼ㄐㄩㄝ著ㄓㄜ
草ㄘㄠ，一ㄧ口ㄎㄡ接ㄐㄧㄝ一ㄧ口ㄎㄡ。

37

山羊ㄕㄢ羊ㄧㄤ復ㄈㄨˋ仇ㄔㄡˊ者ㄓㄜˇ把ㄅㄚˇ山ㄕㄢ羊ㄧㄤ當ㄉㄤ成ㄔㄥˊ假ㄐㄧㄚˇ想ㄒㄧㄤˇ的ㄉㄜ敵ㄉㄧˊ人ㄖㄣˊ，試ㄕˋ了ㄌㄜ幾ㄐㄧˇ句ㄐㄩˋ超ㄔㄠ帥ㄕㄨㄞˋ的ㄉㄜ口ㄎㄡˇ號ㄏㄠˋ。

怪ㄍㄨㄞˋ獸ㄕㄡˋ
別ㄅㄧㄝˊ亂ㄌㄨㄢˋ來ㄌㄞˊ！

想ㄒㄧㄤˇ都ㄉㄡ別ㄅㄧㄝˊ想ㄒㄧㄤˇ！

滾ㄍㄨㄣˇ回ㄏㄨㄟˊ你ㄋㄧˇ的ㄉㄜ˙

臭ㄔㄡˋ巢ㄔㄠˊ穴ㄒㄩㄝˋ去ㄑㄩˋ！

一ㄧˋ旁ㄆㄤˊ的ㄉㄜ˙山ㄕㄢ羊ㄧㄤˊ默ㄇㄛˋ默ㄇㄛˋ嚼ㄐㄩㄝˊ著ㄓㄜ˙草ㄘㄠˇ，吃ㄔ到ㄉㄠˋ不ㄅㄨˋ停ㄊㄧㄥˊ的ㄉㄜ˙打ㄉㄚˇ飽ㄅㄠˇ嗝ㄍㄜ˙。

山羊復仇者走近洞口檢查，怪獸國就在洞口底下。這一個星期以來，怪獸不斷從洞口爬出來，讓黑衣公主不斷出任務而累壞了。但自從公主出門度假，山羊復仇者雖然用繩索和鈴鐺自製了怪獸警報器，警報器卻一點動靜也沒有。

　　「哈囉？」山羊復仇者輕聲喊：「有怪獸在嗎？」

　　一旁的山羊繼續默默埋頭吃草。

第 七 章
逃跑的公主

　　說不定只要我躺在這裡不動，怪獸就會自己離開，木蘭花公主心想。

　　「吼吼吼吼吼！」海怪大吼：「我要吃人！」

　　沙灘上的遊客嚇得不停大叫。

　　「大家都在尖叫……」噴嚏草公主緩緩說道。

所有人嚇得四處奔逃。

「大家都跑掉了耶……」噴嚏草公主說：「我們也應該跟著逃走？」

有個急著逃跑的男孩，手上的冰棒掉在了沙灘上。

「那個男生的冰棒掉在沙灘上了。」噴嚏草公主說。

「我ㄨㄛˇ要ㄧㄠˋ吃ㄔ人ㄖㄣˊ！」海ㄏㄞˇ怪ㄍㄨㄞˋ大ㄉㄚˋ吼ㄏㄡˇ：「人ㄖㄣˊ最ㄗㄨㄟˋ好ㄏㄠˇ吃ㄔ！」

木ㄇㄨˋ蘭ㄌㄢˊ花ㄏㄨㄚ公ㄍㄨㄥ主ㄓㄨˇ嘆ㄊㄢˋ了ㄌㄜ一ㄧ口ㄎㄡˇ氣ㄑㄧˋ。

「噴ㄆㄣ嚏ㄊㄧˋ草ㄘㄠˇ公ㄍㄨㄥ主ㄓㄨˇ，我ㄨㄛˇ想ㄒㄧㄤˇ你ㄋㄧˇ說ㄕㄨㄛ得ㄉㄜ對ㄉㄨㄟˋ。」她ㄊㄚ說ㄕㄨㄛ：「我ㄨㄛˇ們ㄇㄣ應ㄧㄥ該ㄍㄞ趕ㄍㄢˇ快ㄎㄨㄞˋ跑ㄆㄠˇ。」

有文人虽說系，公主主要不文該篆跑泫。不文過篆，這些兩變位文公兰主要不文但篆跑泫了炎，而水且並還綠跑泫得名很好快素。

噴淼嚏坛草茎公主主要跑泫向玉賣品冰音棒名的名小玉攤壽子市。木只蘭茅花茅公主主要則是選丟擇是跑泫進品一一座器淋音浴口帳奏篷名，因玉為文她章需玉要云換員裝義，而水且並要云以一超多快素的名速多度多換員好玉才莳可言以一。

沒有人知道，端莊完美的木蘭花公主其實就是神祕的黑衣公主。她不能眼睜睜看著海怪吃人，尤其是吃掉噴嚏草公主。畢竟，好朋友本來就該互相幫助。

49

第 八 章
山羊復仇者的怪獸警報

　　牧童達夫坐下來看著山羊吃草。舊毯子做成的面罩讓他覺得臉好癢，披風在身上摩擦也很不舒服，所以他就把裝備全脫掉了。

　　他心想，早知道就帶本書來打發時間……

叮ㄌㄧㄥ噹ㄌㄤ～ 叮ㄌㄧㄥ噹ㄌㄤ～

「是ㄕ怪ㄍㄨㄞ獸ㄕㄡ警ㄐㄧㄥ報ㄅㄠ！」達ㄉㄚ夫ㄈㄨ說ㄕㄨㄛ。

達ㄉㄚ夫ㄈㄨ急ㄐㄧ忙ㄇㄤ戴ㄉㄞ上ㄕㄤ面ㄇㄧㄢ罩ㄓㄠ，繫ㄐㄧ上ㄕㄤ披ㄆㄧ風ㄈㄥ。現ㄒㄧㄢ在ㄗㄞ，他ㄊㄚ不ㄅㄨ再ㄗㄞ是ㄕ牧ㄇㄨ童ㄊㄨㄥ達ㄉㄚ夫ㄈㄨ了ㄌㄜ，他ㄊㄚ是ㄕ山ㄕㄢ羊ㄧㄤ復ㄈㄨ仇ㄔㄡ者ㄓㄜ。

叮ㄌㄧㄥ噹ㄌㄤ！
叮ㄌㄧㄥ噹ㄌㄤ！

山ㄕㄢ羊ㄧㄤ復ㄈㄨ仇ㄔㄡ者ㄓㄜ手ㄕㄡ插ㄔㄚ著ㄓㄜ腰ㄧㄠ，神ㄕㄣ氣ㄑㄧ的ㄉㄜ說ㄕㄨㄛ：「哈ㄏㄚ！我ㄨㄛ來ㄌㄞ啦ㄌㄚ！」

結ᵘᵉ果ᵘ，沒ᵐᵉ有ᵘˢ任ᵘᵉⁿ何ᵉ東ᵘⁿᵍ西ⁱ從ᶜᵘⁿᵍ洞ᵘⁿᵍ口ᵘ出ⁱ來ᵘⁿ。

叮ᵘ噹ᵘⁿᵍ！

叮ᵘ噹ᵘⁿᵍ！

怪獸國

山ᵘⁿ羊ⁱ復ᵘ仇ᵘ者ᵘ用ᵘ來ᵘⁿ製ⁱ作ᵘ怪ᵘᵉ獸ᵘ警ⁱⁿᵍ報ᵉ的ᵉ繩ᵉⁿᵍ索ᵘ不ᵘ斷ᵘⁿ扭ᵘ動ᵘⁿᵍ，羊ⁱ鈴ⁱⁿᵍ也ᵉ一ⁱ直ⁱ叮ᵘ噹ᵘⁿᵍ作ᵘ響ⁱⁿᵍ。不ᵘ過ᵘ，就ⁱᵘ是ⁱ不ᵘ見ⁱᵉⁿ怪ᵘᵉ獸ᵘ的ᵉ蹤ᵘⁿᵍ影ⁱⁿᵍ。

53

第九章
啾啾，啾啾

　　黑ㄏㄟ衣ㄧ公ㄍㄨㄥ主ㄓㄨ站ㄓㄢ在ㄗㄞ沙ㄕㄚ灘ㄊㄢ上ㄕㄤ。她ㄊㄚ大ㄉㄚ喊ㄏㄢ：「海ㄏㄞ怪ㄍㄨㄞ，不ㄅㄨ准ㄓㄨㄣ吃ㄔ人ㄖㄣ！」

　　「吼ㄏㄡ！」海ㄏㄞ怪ㄍㄨㄞ繼ㄐㄧ續ㄒㄩ大ㄉㄚ吼ㄏㄡ。牠ㄊㄚ用ㄩㄥ尾ㄨㄟ巴ㄅㄚ拍ㄆㄞ打ㄉㄚ著ㄓㄜ海ㄏㄞ面ㄇㄧㄢ，一ㄧ波ㄅㄛ大ㄉㄚ浪ㄌㄤ湧ㄩㄥ上ㄕㄤ沙ㄕㄚ灘ㄊㄢ。

54

也ㄧㄝˇ許ㄒㄩˇ牠ㄊㄚ聽ㄊㄧㄥ不ㄅㄨˋ見ㄐㄧㄢˋ我ㄨˇ的ㄉㄜ˙聲ㄕㄥ音ㄧㄣ，
黑ㄏㄟ衣ㄧ公ㄍㄨㄥ主ㄓㄨˇ心ㄒㄧㄣ想ㄒㄧㄤˇ。

黑ㄏㄟ衣ㄧ公ㄍㄨㄥ主ㄓㄨˇ爬ㄆㄚˊ到ㄉㄠˋ岩ㄧㄢˊ石ㄕˊ上ㄕㄤˋ，把ㄅㄚˇ
手ㄕㄡˇ圈ㄑㄩㄢ在ㄗㄞˋ嘴ㄗㄨㄟˇ邊ㄅㄧㄢ大ㄉㄚˋ喊ㄏㄢˇ：

「怪ㄍㄨㄞˋ獸ㄕㄡˋ，別ㄅㄧㄝˊ亂ㄌㄨㄢˋ來ㄌㄞˊ！」

「吼ㄏㄡˇ吼ㄏㄡˇ吼ㄏㄡˇ！」海ㄏㄞˇ怪ㄍㄨㄞˋ還ㄏㄞˊ是ㄕˋ一ㄧˋ直ㄓˊ
吼ㄏㄡˇ。牠ㄊㄚ的ㄉㄜ尾ㄨㄟˇ巴ㄅㄚ在ㄗㄞˋ沙ㄕㄚ灘ㄊㄢ上ㄕㄤˋ亂ㄌㄨㄢˋ掃ㄙㄠˇ，
差ㄔㄚ點ㄉㄧㄢˇ兒ㄦ就ㄐㄧㄡˋ打ㄉㄚˇ到ㄉㄠˋ賣ㄇㄞˋ冰ㄅㄧㄥ棒ㄅㄤˋ的ㄉㄜ小ㄒㄧㄠˇ攤ㄊㄢ
子ㄗ。

也許牠還是聽不到我的聲音，黑衣公主心想。

她跳到海怪的尾巴上，開始努力往上跑。海怪突然把尾巴抬到半空中，黑衣公主立刻滑了下來，不停往下滑。她只好緊緊抱住海怪的尾巴。

別往下看，她對自己說。

但是，她還是忍不住往下看了一眼，結果嚇得她倒抽一口氣。淋浴的帳篷看起來就跟小石頭一樣小，沙灘上的人看起來變得跟螞蟻一樣小。

突然，一隻鳥停在她的肩膀上。

　　「啾啾？」黑衣公主說。翻成鳥語表示：「你可以載我下去嗎？」

「啾啾，啾啾。」鳥兒回答。牠的意思是：「很抱歉，你太重了。」

「啾……」黑衣公主委屈的說。翻成鳥語的意思是：「我是來度假的耶……。」

第 十 章
毛茸茸的小怪獸

　　山羊復仇者瞇著眼睛，仔細往洞裡頭看，什麼奇怪的觸手都沒看見。

　　到底是什麼觸動了怪獸警報呢？

太莫名其妙了！山羊復仇者調整好面罩，拉緊披風（有點拉太緊了……只好又鬆開一點）。接著，他沿著繩索走到了樹旁。

一一隻毛茸茸的生物被纏在繩子上。牠揮舞著雙手，不停尖叫！那是一隻松鼠。

叮噹！

叮噹！

「總算抓到怪獸了！」山羊復仇者興奮的說。

旁邊的山羊心存懷疑的咩咩叫著。

「如果你是牠最愛的橡實，那隻松鼠怪獸可能就會攻擊你。」山羊復仇者對心存懷疑的山羊解釋。

山羊復仇者把松鼠從繩子上解開，然後放牠走。

他對那隻松鼠說：「不准吃山羊喔。」

66

松鼠吱吱叫著跑掉了。牠要繼續去找牠最愛的橡實。

山羊叫了一聲：「咩。」山羊語表示：「我們為山羊復仇者感到驕傲。」

山羊復仇者只能無奈的聳聳肩。他下定決心要抓到真正的、可怕的怪獸。

第十一章
與海怪展開大戰

　　海怪的尾巴又長又窄，而且滑溜溜的，讓黑衣公主想起她的祕密通道。這倒是給了她靈感。

　　她可以——滑下去！

　　如果她不是這麼累，一定
會覺得從海怪尾巴往下滑很
好玩。

海怪的背又軟又有彈性，就像公主的床墊一樣。所以，黑衣公主選擇用跳的方式，沿著海怪的背一路往上跳。

如果不是因為這星期不斷出任務太累了，在海怪的背上跳來跳去，黑衣公主一定會覺得很好玩。

海怪的脖子很長，就像爬上一座塔。

雖然很累，不過，在海怪身上攀爬，黑衣公主倒是覺得很有趣。

她還在想，有沒有可能找隻海怪來當寵物……但可惜的是，護城河應該住不下一隻大海怪。

最後，她終於爬上海怪的頭頂，海怪則試圖把她甩開。接著，雙方展開一場大戰。

滑ㄏㄨㄚˊ 尾ㄨㄟˇ 功ㄍㄨㄥ！

額ㄜˊ 頭ㄊㄡˊ 搥ㄔㄨㄟˊ！

她滑到海怪的鼻子前面，直直盯著海怪的眼睛看。

「要吃人！」海怪說。

「不行！」黑衣公主說：「不准吃人！」

現在，海怪終於聽到公主說什麼了。牠皺著眉頭問：「不行嗎？」

「不行。」公主堅決的回答。

海怪難過的吸吸鼻子、低下頭，喪氣的垂下尾巴。

「不過，你可以吃魚呀！」黑衣公主建議。

海怪振奮的挺起身子。

「好耶！」牠開心的喊著。「吃魚！」

海怪再度潛入海裡。黑衣公主沒有別的選擇，也只能跟著潛下去。

第 十二 章
橡實怪獸

　　山羊復仇者悠閒的在吊床上
晃來晃去。他邊喝檸檬汁，邊
看漫畫書。

松鼠跳上他的肩膀，一起分享檸檬汁，真是美好的一天。

　　叮噹！叮噹！叮噹！

　　「也許是另一隻松鼠。」山羊復仇者說

　　接著，他站起來，轉過頭去，一看發現——一隻長得像橡實的巨大獨眼怪獸，出現在怪獸國的洞口旁。

　　「啊！」山羊復仇者大叫。

　　「吼！」橡實怪獸大吼。

　　「松鼠！」山羊復仇者大喊：「快來趕走那顆橡實！」

81

「吱吱！」松鼠對著怪獸叫。

「啊！」橡實怪獸被嚇得大喊，接著急忙跳回洞裡。

山羊復仇者手插著腰、覺得很得意。因為，他成功了！是他救了松鼠，然後松鼠成功的嚇跑怪獸。多虧了有山羊復仇者，山羊才能安全無慮；也多虧了他，黑衣公主才能在某個地方享受假期。

第 十三 章
無人小島

　　海怪潛回水裡，於是海水上升、湧現一道海浪，而木蘭花公主就出現在浪的最上方。

　　海浪沖走了她的黑衣公主裝扮，浪潮將她推上一座島。就這樣，她被海浪扔在小島的沙灘上。

木蘭花公主看了看四周的環境。這是一座一眼就能看穿的小島。島上沒有急著尖叫逃跑的遊客，沒有舔人耳朵的山羊。當然，也沒有怪獸。簡直太完美了！

木蘭花公主躺在椰子樹的樹陰下。

「這才叫度假嘛！」她說。

她鬆了一口氣，閉上眼睛。現在，公主終於可以呼呼大睡了。

飛ㄈㄟ呀一ㄚ，黑ㄏㄟ旋ㄒㄩㄢ風ㄈㄥ，飛ㄈㄟ呀一ㄚ！
黑ㄏㄟ衣一公ㄍㄨㄥ主ㄓㄨ還ㄏㄞ會ㄏㄨㄟ面ㄇㄧㄢ對ㄉㄨㄟ什ㄕ麼ㄇㄜ樣一ㄤ
的ㄉㄜ挑ㄊㄧㄠ戰ㄓㄢ呢ㄋㄜ？

關鍵詞
Keywords

單元設計｜**李貞慧**
（國立臺灣大學外國語文學系研究所碩士，現任國中英語老師）

❶ sleepy 想睡的，懶洋洋的 〔形容詞〕

The Princess in Black was very sleepy.

黑衣公主超級愛睏。

❷ toothy 露齒的 [形容詞]

The monster opened its toothy mouth and roared.

怪獸張開滿口暴牙的大嘴，大聲吼叫。

❸ yawn 打哈欠 [動詞]

The Princess in Black opened her mouth and yawned.

黑衣公主張開嘴巴，打了一個大哈欠。

❹ **avenger** 復仇者 名詞

I am the Goat Avenger!

我是山羊復仇者！

❺ **fist** 拳頭 名詞

The Goat Avenger put his fist on his hip.

山羊復仇者手插腰。

⑥ seaside 海邊 名詞

Princess Magnolia rode her
bicycle to the seaside.

木蘭花公主騎腳踏車

到海邊去。

⑦ hammock 吊床 名詞

Princess Magnolia lay down in a hammock.

木蘭花公主躺在吊床上。

⑧ ice pop 冰棒 名詞

That boy dropped his ice pop in the sand.

那個男生的冰棒掉在沙灘上了。

⑨ tail 尾巴 名詞

The sea monster's tail whipped the beach.

海怪的尾巴在沙灘上亂掃。

閱讀想一想
Think Again

❶ 黑衣公主如何讓海怪打消吃人的念頭？

❷ 為什麼山羊復仇者覺得自己成功打敗怪獸了呢？

❸ 為什麼木蘭花公主會這麼累？她有因為去海邊度假而好好休息嗎？

❹ 噴嚏草公主是否已經發現黑衣公主的真實身分？哪些故事情節引發你這麼猜想呢？

國家圖書館出版品預行編目(CIP)資料

公主出任務.4,度假好忙/珊寧.海爾(Shannon Hale), 迪
恩.海爾(Dean Hale)作；范雷韻(LeUyen Pham)繪；黃筱
茵譯.-- 二版.-- 新北市:字畝文化創意有限公司出版
:遠足文化事業股份有限公司發行, 2023.06
　面；　公分
譯自：The princess in black takes a vacation.
ISBN 978-626-7200-35-3(平裝)

874.596　　　　　　　　　　111018106

公主出任務 4：度假好忙（二版）
The Princess in Black Takes a Vacation

作者｜珊寧‧海爾 & 迪恩‧海爾 Shannon Hale, Dean Hale

繪者｜范雷韻 LeUyen Pham　譯者｜黃筱茵

字畝文化創意有限公司

社長兼總編輯｜馮季眉　責任編輯｜洪 絹(初版)、陳心方(二版)
編輯｜戴鈺娟、巫佳蓮　美術設計｜盧美瑾

讀書共和國出版集團

社長｜郭重興　發行人｜曾大福
業務平臺總經理｜李雪麗　業務平臺副總經理｜李復民
實體書店暨直營網路書店組｜林詩富、郭文弘、賴佩瑜、王文賓、周宥騰、范光杰
海外通路組｜張鑫峰、林裴瑤　特販組｜陳綺瑩、郭文龍
印務部｜江域平、黃禮賢、李孟儒

出　　版｜字畝文化創意有限公司
發　　行｜遠足文化事業股份有限公司
地　　址｜ 231 新北市新店區民權路108-2號9樓
電　　話｜ (02)2218-1417　傳　　真｜ (02)8667-1065
電子信箱｜ service@bookrep.com.tw
網　　址｜ www.bookrep.com.tw
法律顧問｜華洋法律事務所　蘇文生律師
印　　製｜中原造像股份有限公司

2023年6月　二版一刷　定價｜300元

書號｜XBSY4004　ISBN｜978-626-7200-35-3（平裝）

特別聲明：有關本書中的言論內容，不代表本公司出版集團之立場與意見，
文責由作者自行承擔